W0183865

Cette histoire a été écrite en février 2009. J'y tenais beaucoup car elle contenait tout ce qui fait mon univers d'auteur de bandes dessinées, elle recèlait énormément de challenges, de difficultés tant narratives que graphiques, elle trifouillait dans l'inconscient et elle me posait question; un récit dont j'estimais qu'il avait une portée et un propos assez universels, donc susceptibles d'intéresser les gens.

Je l'avais proposée à l'édition sur le site Sandawe.com, au printemps 2010, sans vraiment croire au miracle. Mais celui-ci se produisit, un... mardi, en plein mois d'août. Quatre mois à peine après son lancement, l'album avait réuni le financement nécessaire à sa production grâce à 170 «édinautes» dont voici les noms.

XAVIER ABEL-COINDOZ
MARC ABRAMSON
GUY ALBACETE
DANIEL ANGELY
NICOLAS ANSPACH
JEAN AUQUIER
JORDAN BACHELET
THIERRY BALIAN
MITZI BARAT
BRUNO BARBIER
GREGORY BARRILLET
LAURENCE BASTIN
JEAN-MICHEL BATHAZAR
VINCENT BAUDOUX
THIERRY BELLEFROID
MICKAEL BELUET
LUC BERTRAND
FABIAN BIERMÉ
FABIEN BONIC
FREDERIC BONNICHON
RAYNALD BONTEMPS
GREG BOOGYZ
THOMAS BORGNIAT
EMMANUEL BOULANGER
YOHAN BRESSON
MARYSE BRILL
GUILLAUME BRISOUX
PHILIPPE BRULLAND
PIERRE BRUN
YVES BURRI
SÉBASTIEN CARICHON
SYLVAIN CAUGNIES
JÉRÔME CHMELEFF
JUDITH CIOSI,
VALERIE CONSTANT
BRUNO COPPENS
LOÏC COUQUET
BORIS COUTEAUX
QUENTIN D HOOGHE
FABIEN DACHY
STÉPHANE DADO
BERNARD DAILLIET
CHRISTOPHE DARVILLE
MARTINE DAUSSOGNE
JEAN-PAUL DE BAETS
JEAN-DENIS DE BOECK
CHARLES DE FAUCONVAL
ROCH DE LOMBARDON
VINCENT DE LOVINFOSSE
JEAN-PAUL DE MEULENEIR
THIBAUT DE SANY
ADRIEN DE VREESE
JEAN-PIERRE DECAIX
FRÉDÉRIC DECHANET
SVEN DECUYPERE
ALAIN DESCHEPPTER
CHI THI DEVAL
BENOÎT DEVIGNE
ROMAIN DUSSOT
DJÉLIL EL KEFI
BERNARD EMEGENBIRN
JEAN-MARC EVERARD
JULIEN FALGAS
THOMAS FELDSTEIN
EMMANUEL FERRIÈRE
PHILIPPE FRANCOIS
RICHARD FUEHRER
GUILLAUME GAUTIER
JÉRÔME GAUTIER
PHILIPPE GHEM
ANTONIO GIGANTE
JEF GONTIER
NATHALIE GOUPIL
FABRICE GRENSON
ARNAUD GROSS
OLIVIER GRZESINSKI
PATRICE GUATI
DOMINIQUE GUERIN
OLIVIER GUIONNET
MICHAEL HAPPÉ
JEAN-JACQUES HAROTIN
ODILE JACQUEMET
YVES JANSSENS
ERIC JOLY
LAURENT JOTTARD
FRÉDÉRIQUE JULIEN
JOHAN KINO
ESTELLE KREWERAS
SÉBASTIEN LABURTE
YVES LACOSTE
PATRICK LATHION
NICOLAS LE GRELLE
CHRISTOPHE LÉCHARNY
BENOIT LECOMTE
THIERRY LEFÈVRE
JACQUES LEIGNEL
VALÉRIE LEPOIVRE
LAURE LETENNEUR
NICOLAS LORVO
STÉPHANE LUBIN
JEAN-PIERRE MAHAUX
JULIE MALBRANT
PHILIPPE MARCHAND
YVAN MARTIN
BERNARD MASSCHELEIN
ERIC MATHIEU
ROLAND MATHIEU
OLIVIER MAURER
JEAN-PHILIPPE MELLIET
PATRICK MERLO
BERNADETTE MICHEL
CYRILLE MIÈVRE
STEPHANE MOALIC
RENÉ MOREAU
PHILIPPE MORIN
LAURENT MOUSSARD
SEBASTIEN MUGNIOT
REGINALD MULLER
GAËTAN NERINCX
BRUNO OUDINOT
SAÏD OUECHEN
LAURENT PANTALACCI
CHRISTOPHE PATTYN
CLAUDE PAULET
FRÉDÉRIC PAYAN
GAULTIER PENEAU
JEAN-PASCAL PERREIN
SÉBASTIEN PERRIN
PHILIPPE PETIT
ISABELLE PHILIPPON
AMAURY PINCHART
EMILIE PINCHART
YSALINE PINCHART
FREDERIC PINSON
WILLY POCHET
STÉPHANE POLLENTIER
JEAN PIERRE PORTAL
YANN PRUDAT
SANDRINE RAVET
STÉPHANE RENARD
CÉLINE REY
FRANÇOISE RÉZETTE
PATRICK RICHARD
CHRISTOPHE RIGAU
FRÉDÉRIC RIVAIN
FRÉDÉRIC ROLLIN
OLIVIER ROUSSEL
PIERRE SAYSOUK
FRANCO SCALA
CHRISTOPHE SENOT
ZEZNIAK SERHIY
ANTOINE SERVAIS
VINCENT SICCARDI
ARNAUD STINES
ERIC STREIFF
GIACOMO TALONE
XAVIER TESSE
JEAN-PAUL TORRIS
CHRISTOPHER VADOT
SUSAN ET JEAN-HUGUES VADOT
ROMAIN VALENTIN
DAMIEN VAN DER STICHELE
AGNES VAN GOUBERGEN
PHILIPPE VANDEN EYNDE
EDDY VIENNE
JEAN-PHILIPPE VINCKE
FREDERIC VUONG
ALAIN WAHBA
ROLAND WIELANDTS
SERGE WITTOCK

Avant, l'édition fonctionnait en binôme: l'auteur d'un côté, l'éditeur de l'autre, David contre Goliath, bien souvent, chacun priant pour qu'un lecteur soit au rendez-vous une fois le livre sorti en librairie. Sandawe a changé les règles, d'un binôme, nous sommes passés à un triumvirat, puisque le public a voix au chapitre dès le début de l'entreprise.

Aujourd'hui, le regard extérieur a changé et chacun des auteurs Sandawe a ce sentiment de faire partie d'une embarcation pionnière, qui découvre un nouveau monde, plein de surprises, de pièges et de découvertes à venir.

Pour «Maudit Mardi!», le voyage démarre aujourd'hui, grâce à vous, chers édinautes, et avec vous, nouveaux lecteurs. Comme pour Achille, le personnage principal de cette histoire, je vous souhaite un agréable voyage...

Nicolas Vadot, juin 2011

Ce livre a également obtenu le soutien des sites d'information ActuaBD.com et Bedeo.fr, ainsi que de l'historien de la bande dessinée Gilles Ratier et des journalistes Nicolas Anspach, Thierry Bellefroid et Stéphane Renard.

www.actuabd.com

www.bedeo.fr

MAUDIT MARDI!

Dessin, scénario et couleurs de
Nicolas Vadot

*"Like a desert needs rain
Like a town needs a name
I need your love."*

U2 – Hawkmoon 269

sandawe.com
L'éditeur, c'est vous !

Nicolas Vadot tient à remercier en premier lieu Patrick Pinchart et Lionel Camus, pour leur travail acharné, ainsi que leur confiance.

Merci à mon ami Thierry Bellefroid, qui eut la bonne idée de faire un sujet sur Sandawe, un matin de janvier 2010, sur les ondes de La RTBF, m'informant ainsi sur ce qui allait devenir mon prochain éditeur...

Merci à Rosine et Geoff Bates, dont la maison de Coogee a servi de décor pour cet album.

Merci à John Willoughby dont le magnifique capharnaüm au fond de son jardin est devenu l'atelier d'Achille.

Merci à Catherine, modèle, muse et bien plus que ça, ainsi qu'à Ella et Oliver, mes deux merveilles.

Merci au Russell Hotel de Sydney, 143A George Street, The Rocks, 2000 Sydney.

Merci enfin et surtout à mes 170 édinautes de la première heure, sans lesquels ce livre n'existerait pas.

Nicolas Vadot

StephPolle, tdesany2, jpperrein, Alain, Maceric, wasse,... Des noms étranges apparaissent au fil des pages, en devanture d'un hôtel, comme nom d'une rue, d'un lieu...
Ce sont les pseudonymes de certains des 170 édinautes du site Sandawe qui ont financé l'album.
Tous figurent sur la page www.sandawe.com/FR/projectdetail.awp?P1=12.
Une fois lu ce magnifique album, reprenez la lecture et amusez-vous à les retrouver.

www.facebook.com/MauditMardi
© Editions Sandawe, 2011.
www.sandawe.com - contact@sandawe.com
Dépôt légal : août 2011; D/2011/12.351/3 - ISBN 978-2-930623-02-3
Première édition.

www.nicolasvadot.com

Droits de traduction et de reproduction réservés pour tous pays. Il est strictement interdit, sauf accord préalabie et écrit de l'éditeur, de reproduire partiellement ou totalement le présent ouvrage, par quelque procédé que ce soit (et notamment par photocopie ou numérisation), de le stocker dans une banque de données ou de le communiquer au public . Une copie ou reproduction constitue une contrefaçon passible des peines prévues par la loi du 11 mars 1957 sur la protection des droits d'auteur.

LESAFFRE IMPRIMEUR · RELIEUR

Imprimé en Belgique par Lesaffre. www.lesaffre.com
L'édition numérique est assurée par Ave!Comics. www.avecomics.com

AVE! COMICS

TIP TAP...
TIP TAP...
TIP TAP...
TIP-A-TAP...
TIP-A-TAP...
TIP-A-TAP...
TIP TAP...
TIP-TIP-ATAP...
TIP-TIP-ATAP...
TIP-ATAP...
Mon cher Achille,

Quand tu liras ces lignes, je serai déjà sur le bateau, à destination de Hawkmoon.
J'ignore ce qui m'attend là-bas, mais je n'avais pas le choix.
Question de survie.

Je ne suis pas très douée pour les scènes d'adieux interminables, j'ai donc préféré t'écrire.

Salue bien tes parents pour moi.
Je t'embrasse.
Rebecca.
IL Y A DE L'ORAGE DANS L'AIR, ACHILLE...
??!!!

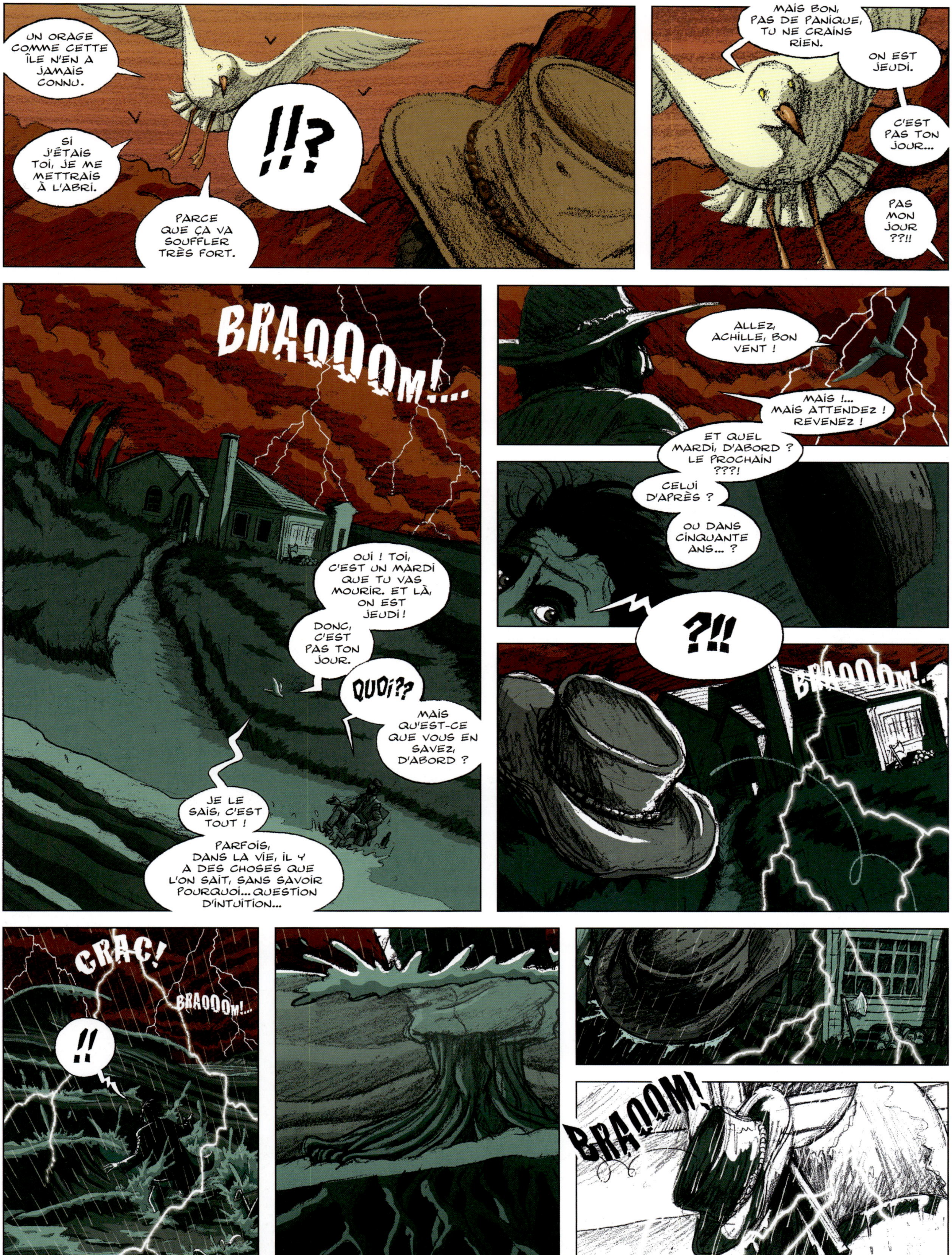
UN ORAGE COMME CETTE ÎLE N'EN A JAMAIS CONNU.
SI J'ÉTAIS TOI, JE ME METTRAIS À L'ABRI.
PARCE QUE ÇA VA SOUFFLER TRÈS FORT.
!!?
MAIS BON, PAS DE PANIQUE, TU NE CRAINS RIEN.
ON EST JEUDI.
C'EST PAS TON JOUR...
PAS MON JOUR ??!!
BRAOOOM!...
OUI ! TOI, C'EST UN MARDI QUE TU VAS MOURIR. ET LÀ, ON EST JEUDI !
DONC, C'EST PAS TON JOUR.
QUOI??
MAIS QU'EST-CE QUE VOUS EN SAVEZ, D'ABORD ?
JE LE SAIS, C'EST TOUT !
PARFOIS, DANS LA VIE, IL Y A DES CHOSES QUE L'ON SAIT, SANS SAVOIR POURQUOI... QUESTION D'INTUITION...
ALLEZ, ACHILLE, BON VENT !
MAIS !... MAIS ATTENDEZ ! REVENEZ !
ET QUEL MARDI, D'ABORD ? LE PROCHAIN ???!
CELUI D'APRÈS ?
OU DANS CINQUANTE ANS... ?
?!!
BRAOOOM!...
CRAC!
BRAOOOM!...
!!
BRAOOM!

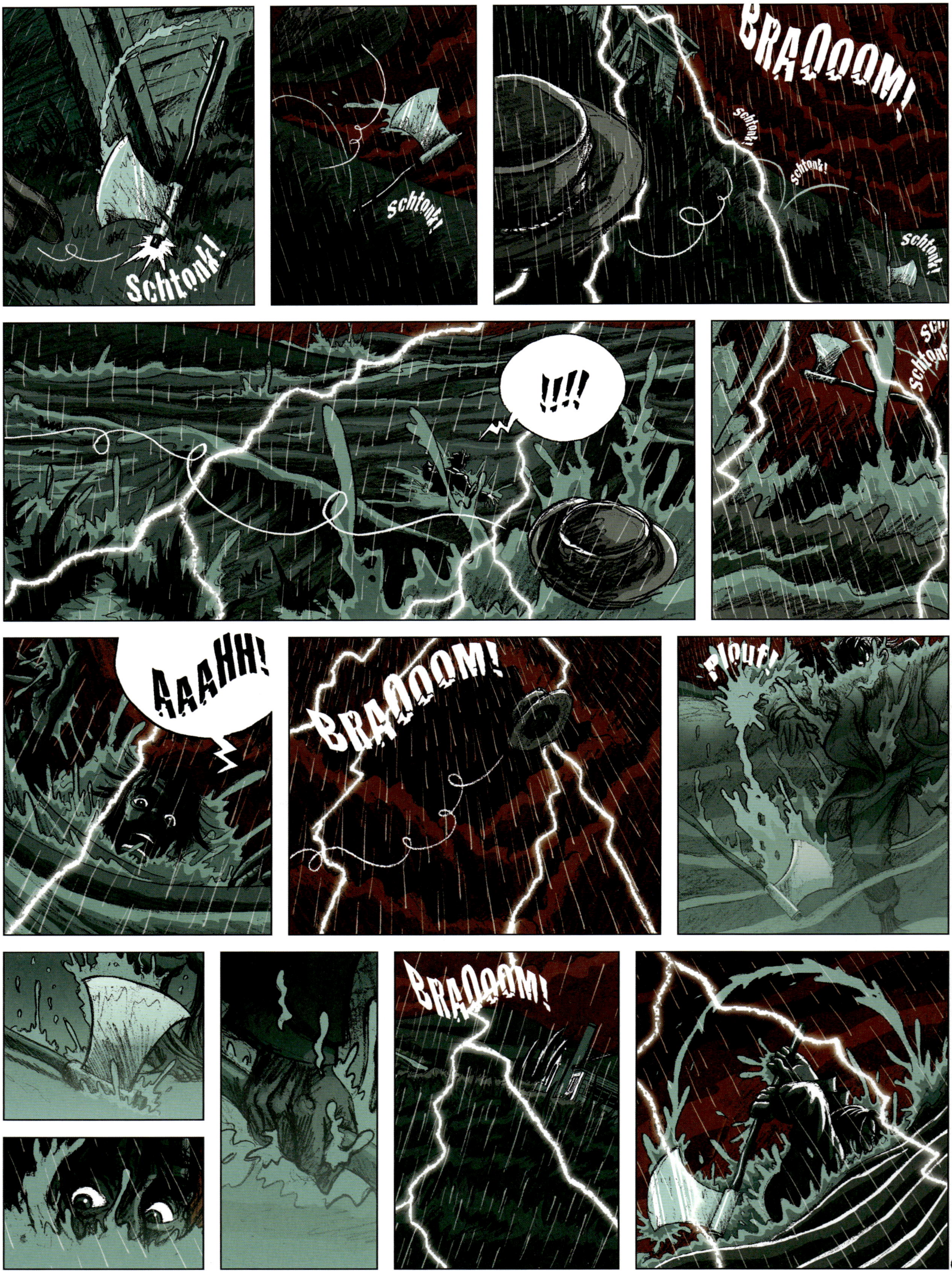
Schtonk!
Schtonk!
BRAOOOM!
Schtonk!
Schtonk!
Schtonk!
!!!!
Schtonk!
AAAHH!
BRAOOOM!
Plouf!
BRAOOOM!

6

7

8

ACHILLE...
TU VAS TE SORTIR DE CE MAUVAIS PAS.
9

Vzzzz... Brzzzz... Vrrrzzz...

Vzzzz... Brzzzz... Vrrrzzz...

Dddzzzz...
Brzzzz...
Vrrrzzz...

10

Vrzzz..
Vrzzz..
Dzzz...
Dzzz...
Chklonk !
Chklonk !
Schtonk!
Vzzzz...
Dzzzz...
Drrrr...
Drzzzz...
Dzzz...
Chklonk !
Chklonk !
Schtonk!
Tonk
tonk
tonk !
Clonk
clonk
clonk!
Drzzz...
Brzzz...
Dzzz...
Chlonk !...
SHKLONK!
Vzzz..
Zz-zz-zz ...
Vz-zz-zz...
Crouiic...
11

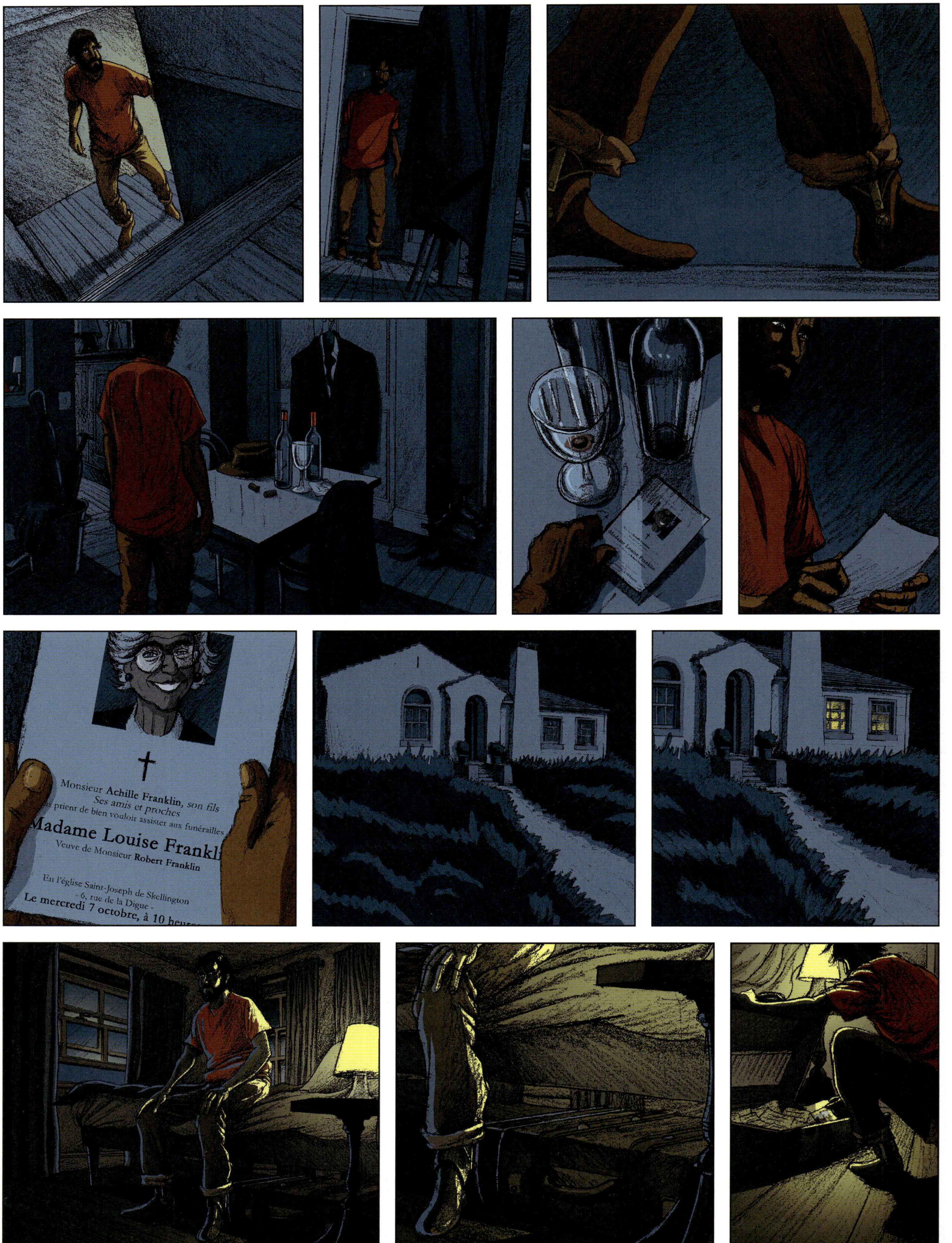
Monsieur Achille Franklin, son fils
Ses amis et proches
prient de bien vouloir assister aux funérailles
Madame Louise Frankl
Veuve de Monsieur Robert Franklin
En l'église Saint-Joseph de Skellington
- 6, rue de la Digue -
Le mercredi 7 octobre, à 10
12

le 8 janvier
le 8 janvier
Cher Achille
Je trouve enfin
Ici, à Hawkmoon
vite, par rapport à
Je trouve enfin le temps de t'écrire!
Ici, à Hawkmoon, les choses vont tellement vite, par rapport à chez nous!
Depuis mon départ, je n'ai pas soufflé une seconde!
J'ai finalement trouvé un petit appartement, mais les loyers sont si chers, ici, comme tout le reste.
Bon, je t'écrirai plus longuement bientôt.
Je dois filer.
Je t'embrasse! Rebecca

le 4 février
Cher Achille,
Désolée de ne pas t'avoir écrit plus tôt, mais je suis débordée.
Je commence à trouver mes marques.
~~Diffic~~ Doucement.
Les gens ici sont assez distants.
Voire agressifs.
Comme dans toutes les grandes villes, j'imagine.
Mais bon, rien de comparable avec la tension qui régnait à la maison, entre mes parents.
À ce propos, si tu croises mon père et qu'il te demande de mes nouvelles (on peut toujours rêver!), ne lui dis rien, s'il te plaît.
Et toi, sinon, quoi de neuf?
Je t'embrasse
Rebecca.

15

Bon anniversaire ! Tu vois, j'y ai pensé !
Tout baigne, par chez toi ? Comment vont tes parents ?
Moi, super ! Cette ville est magique, une fois apprivoisée ! Je rencontre plein de gens différents et très intéressants.
Bon, il serait temps que tu me donnes enfin des nouvelles, toi aussi !
Le 6 janvier
Dimanche 11 octobre -Saint Firmin-
Lundi 12 octobre -Saint Wilfrid-
HawkMoon
Bonne année, Achille !
HawkMoon
Et merci pour tes bons voeux ! Je commençais à croire que tu m'avais oubliée ! Cela m'a fait plaisir de te lire, même si tu restes assez évasif sur toi et ta vie...
J'ai commencé mon cursus universitaire, en octobre dernier, en médecine. Je travaille comme serveuse pour payer mes études.
Le 7 mars
Merci pour ta lettre, Achille.
Pas trop le moral, ces temps-ci.
Je t'avais parlé d'Henri ?
Eh bien, c'est fini, je te passe les détails. Et toi, les amours ? :)
PS : Tu ne t'es toujours pas décidé à avoir le téléphone ?
MAUDIT MARDI !
16

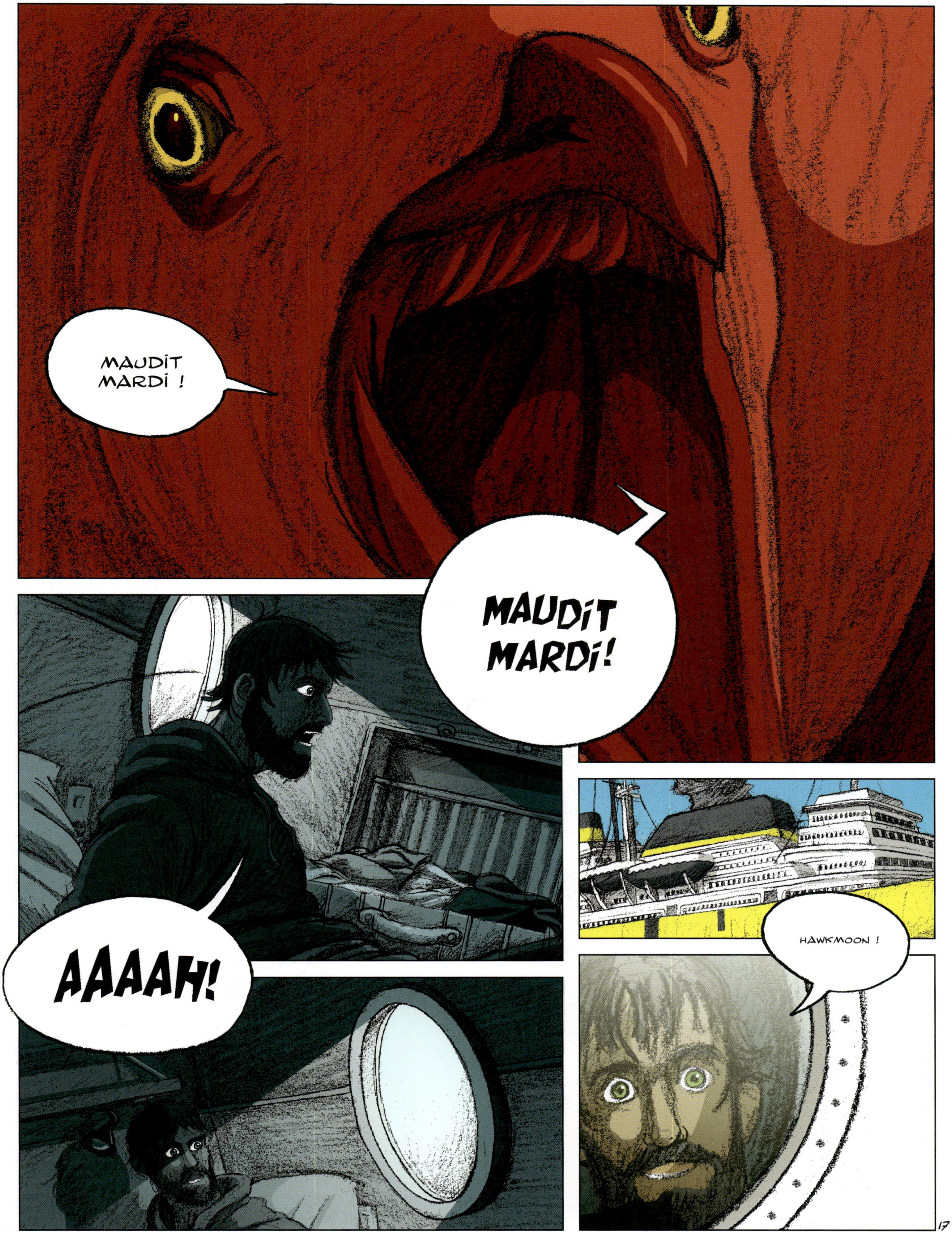
MAUDIT MARDI !
MAUDIT MARDI!
AAAAH!
HAWKMOON !
17

HAWKMOON !
Hawkmoon City Center
...
Achille,
J'ai longtemps hésité avant de t'écrire...
Après tant d'années de silence.
Qui sait si cette lettre te parviendra ?
18

Je suis brièvement passée à Skellington, à Noël, avec mon fiancé (qui ne l'est plus depuis lors, mais c'est une autre histoire, une de plus).
1P
4P
C'était la première fois que je revenais, huit ans après mon départ.
J'ai pensé aller te saluer, mais comme tu avais rompu tout contact, je me suis dit que...
Enfin voilà !
Je ne sais pas pourquoi je t'écris tout ça. Un accès de nostalgie, sans doute. Névrose classique de trentenaire, d'après mon psy.
HOTEL
Quand j'étais là-bas, j'ai croisé ton père, dans la rue, de loin. Il ne m'a pas reconnue. Il avait l'air en bonne forme. Quel âge a-t-il, maintenant ?
Remets-lui mon bonjour, ainsi qu'à ta mère.
J'espère que tu vas bien.
HFFF...
Rebecca
HFFF...
MONSIEUR... MONSIEUR !
19

?!
VOUS NE POUVEZ PAS RESTER ICI...
20

OU ALORS VOUS DEVEZ CONSOMMER.
CONSOMMER ?
LE RÈGLEMENT, C'EST LE RÈGLEMENT.
AH, EXCUSEZ-MOI, JE... J'AI MARCHÉ TOUTE LA JOURNÉE, JE SUIS UN PEU FATIGUÉ ET MES PIEDS ME FONT UN PEU MAL, SOUDAINEM...
VOUS COMPTEZ CONSOMMER ?
EUH... OUI, POURQUOI PAS ? QUELLE EST LA SPÉCIALITÉ DE LA MAISON ?
21

JE NE SUIS PAS DU COIN ET J'AI HÂTE DE DÉCOUVRIR LES CHARMES DE CETTE VILLE...
DE LA BIÈRE.
LES GENS BOIVENT DE LA BIÈRE, ICI.
AH... EH BIEN UNE BIÈRE, ALORS.
BIEN FRAÎCHE. AVEC QUELQUES CACAHUÈTES...
LES GENS MANGENT DES CACAHUÈTES, ICI ?
CE SERA TOUT ?
EUH OUI...
UNE BIÈRE, ALORS.
MERCI.
CHARMANTE...
!!
VOILÀ. ÇA FERA 6,50.
SCHTUNK!
6,50 ?? POUR UNE BIÈRE ?
PLUS 1,50 POUR LES CACAHUÈTES.
C'EST LA GRANDE VILLE, ICI, MONSIEUR, TOUT EST CHER.
POUR LES SOURIRES AUSSI, IL Y A UN SUPPLÉMENT ?
...
DITES-MOI, MADEMOISELLE, J'AURAIS UN PETIT SERVICE À VOUS DEMANDER...
AURIEZ-VOUS UN ANNUAIRE ?
PARDON ?
JE CHERCHE UNE AMIE, UNE AMIE D'ENFANCE... JE N'AI PLUS SON ADRESSE, DEPUIS TOUT CE TEMPS ET...
VOUS TROUVEREZ ÇA SUR LE WEB, MONSIEUR.
SUR LE WEB ?
Y A PAS INTERNET, PAR CHEZ VOUS ?
À SKELLINGTON ? SI SI, MAIS MOI, LES TECHNOLOGIES MODERNES, JE...
SKELLINGTON??
VOUS VENEZ DE SKELLINGTON ?
EUH, OUI, VOUS CONNAISSEZ ?
MOI AUSSI ! ÇA ALORS !
C'EST LA PREMIÈRE FOIS QUE JE CROISE QUELQU'UN DE CETTE ÎLE PAUMÉE DEPUIS QUE JE SUIS MONTÉE À HAWKMOON.
PAUMÉE, PAUMÉE... RECULÉE, CERTES...
22

"ISOLÉE", À LA RIGUEUR...
EN TOUT CAS, RAVI DE FAIRE VOTRE CONNAISSANCE, MADEMOISELLE... MADEMOISELLE ?
SELINA.
ACHILLE... JE...
HAAA...
??!!!
!!!
PAS ÉTONNANT D'AVOIR MAL AUX PIEDS... JE... J'AVAIS UNE VIS DANS MA CHAUSSURE...
C'EST BALLOT, NON ?...
COMME QUOI, ON EST PEU DE CHO...
VOUS ÊTES BLANC COMME UN LINGE, ACHILLE...
VOUS ÊTES SÛR QUE ÇA VA ?
OUI OUI, SELINA, MERCI... UN PETIT COUP DE FATIGUE. UNE CRAMPE, EN FAIT...
ÇA VA PASSER, ÇA VA PASSER...
REBECCA ROMINGTON. MON AMIE S'APPELLE REBECCA ROMINGTON...
SI VOUS POUVIEZ ME TROUVER SON ADRESSE, CE SERAIT TRÈS GENTIL...
NE BOUGEZ PAS, JE VAIS VOUS CHERCHER ÇA...
MERCI, SELINA...
...
...
... ROMINGTON GAËTAN, ROMINGTON JUDITH, ROMINGTON MADAU...
BINGO ! ROMINGTON REBECCA !
BOULEVARD DES ANTIPODES 341... REBECCA ROMINGTON-SAUNDERS
C'EST DIRECT EN MÉTRO, DEPUIS LE CENTRE.
VOS CRAMPES, ÇA VA MIEUX ?
OUI, MERCI ...
ROMINGTON QUOI ?
23

ROMINGTON-SAUNDERS ! ÇA DOIT ÊTRE LE NOM DE SON ÉPOUX, J'IMAGINE.
LES FEMMES SE MARIENT, PARFOIS.
MÊME LES AMIES D'ENFANCE...
HA... EUH, OUI, BIEN ENTENDU.
BON, AUJOURD'HUI, C'EST DIMANCHE, JE TERMINE PLUS TÔT, J'AI MON COURS DE CLAQUETTES PAS LOIN DE VOTRE STATION DE MÉTRO...
EN ROUTE, CROCODILE DUNDEE, MAINTENANT QUE VOUS ÊTES DE NOUVEAU SUR PIED !
DÉSOLÉE D'AVOIR ÉTÉ SÈCHE, TOUT À L'HEURE, MAIS DANS CETTE VILLE, IL FAUT SAVOIR SE PROTÉGER. MÊME LES MOUSTIQUES SONT DANGEREUX, ICI !
MÊME LES MOUSTIQUES ? ALLONS BON !
DANSEUSE DE CLAQUETTES, ALORS ?
J'ESSAIE. MAIS LA ROUTE EST LONGUE...
DEPUIS QUE JE SUIS TOUTE PETITE, JE RÊVE DE GINGER ET FRED...
ET VOUS AVEZ TROUVÉ UN FRED ?
PAS ENCORE... INTERESSÉ ?
MOI ? OH NON, JE SUIS RAIDE COMME UNE SOUCHE.
JE POURRAIS VOUS APPRENDRE. TOUT EST DANS LA SOUPLESSE DE LA CHEVILLE...
JUSTEMENT.
JE VOUS TAQUINE, ACHILLE !
ET JE VOUS VOIS MAL PRENDRE L'AVION DEPUIS SKELLINGTON POUR VOUS ACOQUINER AVEC UNE SERVEUSE DE BAR QUI A DES RÊVES PLUS GRANDS QU'ELLE...
C'EST QUI, CETTE REBECCA ?
BUS
ONLY
HELL WEST
JE SUIS VENU EN BATEAU. J'AI PEUR, EN AVION. JE SUIS UN HOMME DE LA TERRE.
VOUS DÉTOURNEZ LE SUJET.
DITES-MOI TOUT !
CERTAINEMENT PAS ! JE ME PROTÈGE, SELINA ! COMME VOUS AVEC VOS CLIENTS.
C'EST BIEN, VOUS APPRENEZ VITE.
VOICI VOTRE STATION. UNE PETITE DEMI-HEURE ET VOUS Y SEREZ.
BIENVENUE À HAWKMOON, ACHILLE.
À UN DE CES JOURS, QUI SAIT ?
J'IRAI VOUS VOIR SUR SCÈNE, POUR VOTRE RETOUR TRIOMPHAL.
UNE FOIS BROADWAY CONQUISE...
VOUS Y ARRIVEREZ, SELINA, JE LE SAIS.
AH BON ? ET COMMENT VOUS SAVEZ ÇA ?
JE LE SAIS, C'EST TOUT !
24

PARFOIS, DANS LA VIE, IL Y A DES CHOSES QUE L'ON SAIT, SANS SAVOIR POURQUOI...
QUESTION D'INTUITION.
BOULEVARD DES ANTIPODES 341...
BOULEVARD DES ANTIPODES 341...

BOULEVARD DES ANTIPODES...
341...
!!!
BONSOIR. EST-CE QU'IL VOUS RESTE UNE CHAMBRE ?
OUI MONSIEUR. UNE PERSONNE ?
C'EST ÇA !
COMBIEN DE NUITS ?
EUH... DISONS UNE. POUR COMMENCER.
26

HOTEL
THE RUSSELL HOTEL
Pssht...
Pssht...
DE NOTRE TEMPS, ELLE ÉTAIT MATINALE.
341
Ding dong!
27

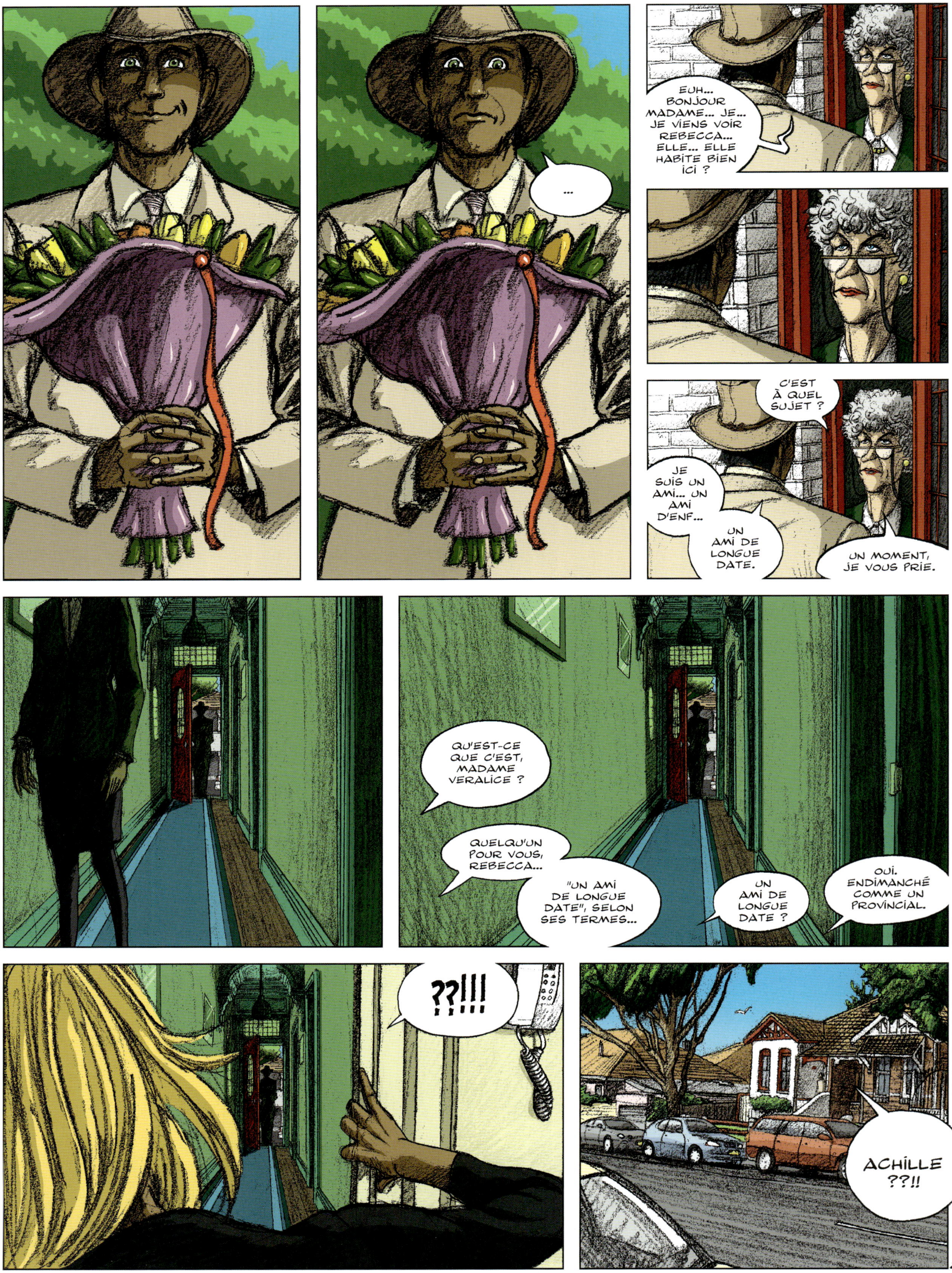
...
EUH... BONJOUR MADAME... JE... JE VIENS VOIR REBECCA... ELLE... ELLE HABITE BIEN ICI ?
C'EST À QUEL SUJET ?
JE SUIS UN AMI... UN AMI D'ENF...
UN AMI DE LONGUE DATE.
UN MOMENT, JE VOUS PRIE.
QU'EST-CE QUE C'EST, MADAME VERALICE ?
QUELQU'UN POUR VOUS, REBECCA...
"UN AMI DE LONGUE DATE", SELON SES TERMES...
UN AMI DE LONGUE DATE ?
OUI. ENDIMANCHÉ COMME UN PROVINCIAL.
??!!!
ACHILLE ??!!
28

BONJOUR REBECCA.
ÇA ALORS !
MAIS QU'EST-CE QUE TU... ? JE... ENFIN... OUH LÀ LÀ...
JE NE TE DÉRANGE PAS, REBECCA ?
EUH... NON, NON ! ENTRE !
JE... LES FLEURS... C'EST POUR TOI.
AH, OUI ! MERCI ! ELLES SONT SUPERBES...
VIENS ! TU CONNAIS DÉJÀ MADAME VERALICE...
...!!
ET VOICI MON FILS, LOUIS. IL A DEUX ANS.
TU DIS BONJOUR À ACHILLE, MON CHOU ?...
BONJOUR, LOUIS...
29

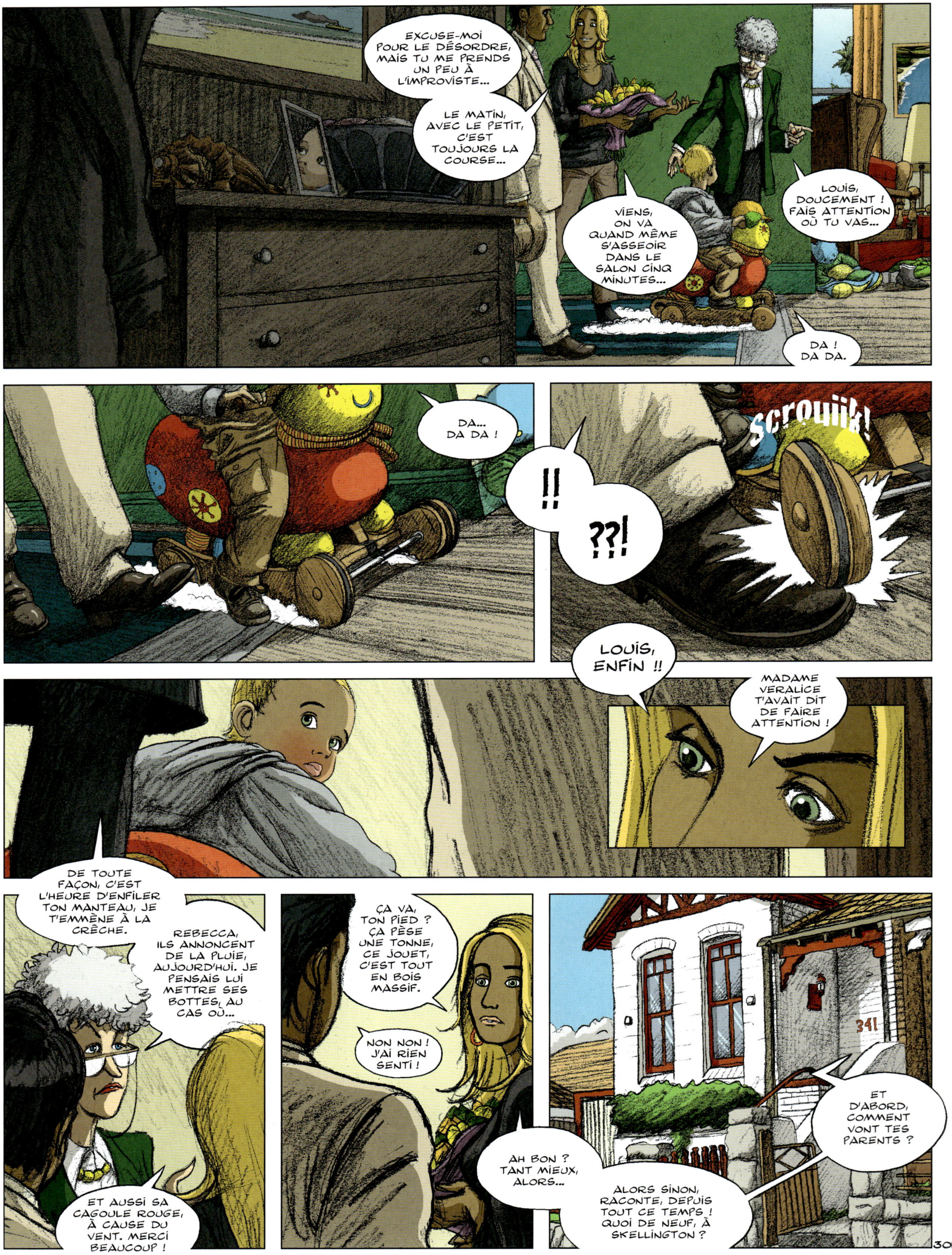
EXCUSE-MOI POUR LE DÉSORDRE, MAIS TU ME PRENDS UN PEU À L'IMPROVISTE...
LE MATIN, AVEC LE PETIT, C'EST TOUJOURS LA COURSE...
VIENS, ON VA QUAND MÊME S'ASSEOIR DANS LE SALON CINQ MINUTES...
LOUIS, DOUCEMENT ! FAIS ATTENTION OÙ TU VAS...
DA ! DA DA.
DA... DA DA !
!!
??!
SCROUIIK!
LOUIS, ENFIN !!
MADAME VERALICE T'AVAIT DIT DE FAIRE ATTENTION !
DE TOUTE FAÇON, C'EST L'HEURE D'ENFILER TON MANTEAU, JE T'EMMÈNE À LA CRÈCHE.
REBECCA, ILS ANNONCENT DE LA PLUIE, AUJOURD'HUI. JE PENSAIS LUI METTRE SES BOTTES, AU CAS OÙ...
ET AUSSI SA CAGOULE ROUGE, À CAUSE DU VENT. MERCI BEAUCOUP !
ÇA VA, TON PIED ? ÇA PÈSE UNE TONNE, CE JOUET, C'EST TOUT EN BOIS MASSIF.
NON NON ! J'AI RIEN SENTI !
AH BON ? TANT MIEUX, ALORS...
ALORS SINON, RACONTE, DEPUIS TOUT CE TEMPS ! QUOI DE NEUF, À SKELLINGTON ?
ET D'ABORD, COMMENT VONT TES PARENTS ?
341
30

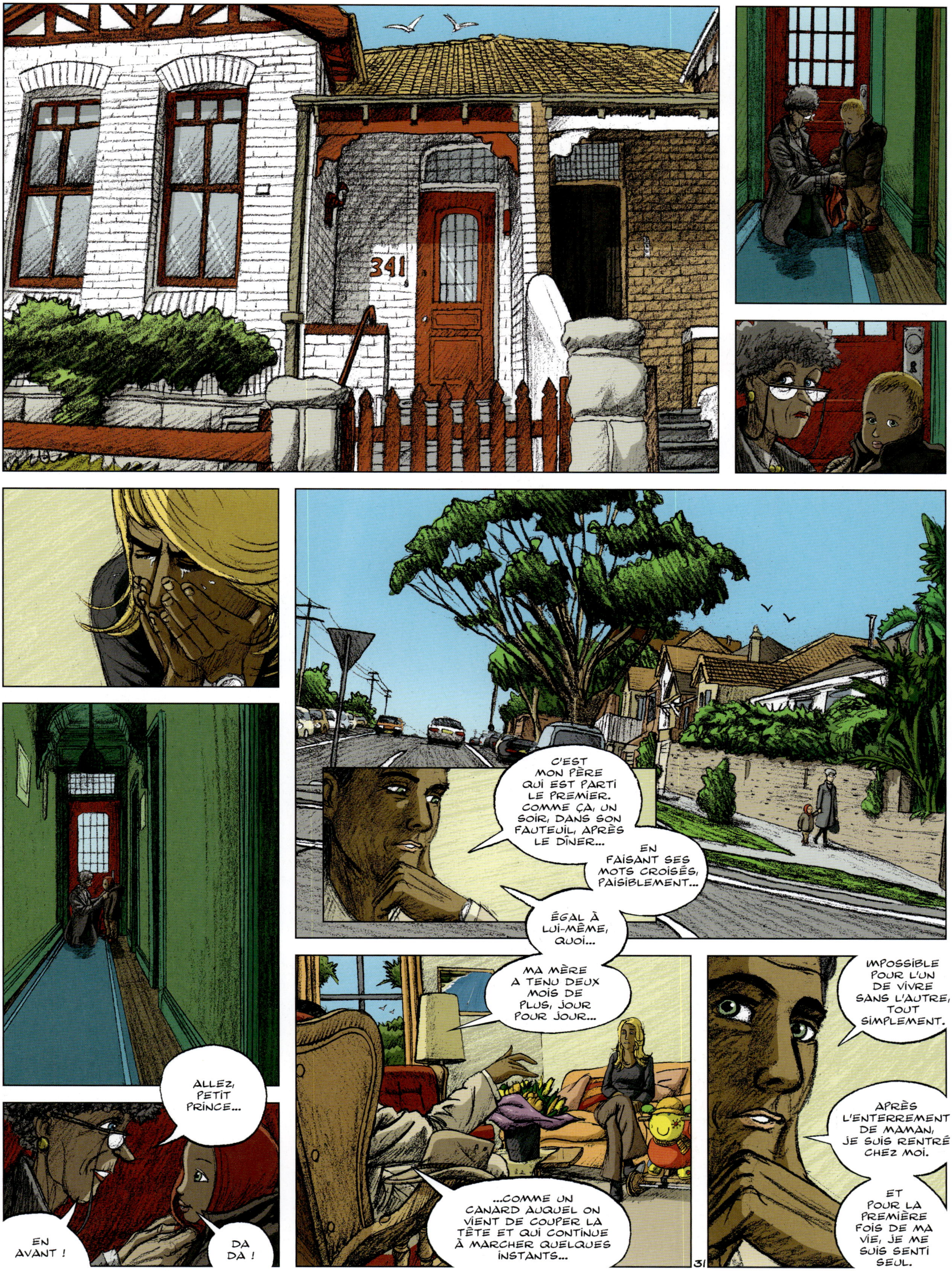
C'EST MON PÈRE QUI EST PARTI LE PREMIER. COMME ÇA, UN SOIR, DANS SON FAUTEUIL, APRÈS LE DÎNER...
EN FAISANT SES MOTS CROISÉS, PAISIBLEMENT...
ÉGAL À LUI-MÊME, QUOI...
ALLEZ, PETIT PRINCE...
EN AVANT !
DA DA !
MA MÈRE A TENU DEUX MOIS DE PLUS, JOUR POUR JOUR...
...COMME UN CANARD AUQUEL ON VIENT DE COUPER LA TÊTE ET QUI CONTINUE À MARCHER QUELQUES INSTANTS...
IMPOSSIBLE POUR L'UN DE VIVRE SANS L'AUTRE, TOUT SIMPLEMENT.
APRÈS L'ENTERREMENT DE MAMAN, JE SUIS RENTRÉ CHEZ MOI.
ET POUR LA PREMIÈRE FOIS DE MA VIE, JE ME SUIS SENTI SEUL.
31

LE LENDEMAIN SOIR, JE ME SUIS ASSIS SUR LA PLAGE...
"NOTRE" PLAGE...
LE COUCHER DE SOLEIL ÉTAIT MAGNIFIQUE. J'AI SORTI UNE BELLE BOUTEILLE DE LA CAVE, DE L'ANNÉE DE MA NAISSANCE, ET JE ME LA SUIS SIROTÉE, LÀ, LES PIEDS DANS LE SABLE. C'ÉTAIT DIVIN.
PUIS JE ME SUIS ENDORMI...

32

AU RÉVEIL, BESOIN DE CHANGER D'AIR...
ÇA, POUR UN CHANGEMENT... MONSIEUR LE SÉDENTAIRE ENDURCI... ET MAUVAIS CORRESPONDANT, PAR-DESSUS LE MARCHÉ...
JE N'AVAIS PAS GRAND-CHOSE À RACONTER, REBECCA, PAR RAPPORT À TOI, TA VIE ICI, LA GRANDE VILLE...
ÇA VA FAIRE COMBIEN DE TEMPS ?
J'AVAIS 19 ANS QUAND JE SUIS ARRIVÉE, J'EN AI 38, FAIS LE CALCUL... TIENS, MAIS J'Y PENSE, TU VAS SUR TES 40, TOI, NON ?
L'ANNÉE PROCHAINE, J'AI ENCORE UN PEU DE TEMPS... ET ALORS, T'AS RÉUSSI TES ÉTUDES DE MÉDECINE, POUR FINIR ? JE ME SOUVIENS, PLUS JEUNE, TU VOULAIS "SOIGNER LES GENS"...
AH BON, JE DISAIS ÇA ?
... JE SUIS DEVENUE PODOLOGUE. MÉDECINE, J'AI ABANDONNÉ... COMME BEAUCOUP D'AUTRES CHOSES...
ET TOI, ACHILLE ? LAISSE-MOI DEVINER...
MENUISIER ? T'AS REPRIS L'AFFAIRE DE TON PÈRE ??...
J'EN ÉTAIS SÛRE !
JE SUIS SI PRÉVISIBLE QUE ÇA ?
ET SINON ? T'ES MARIÉ ? T'AS DES ENFANTS ?
33

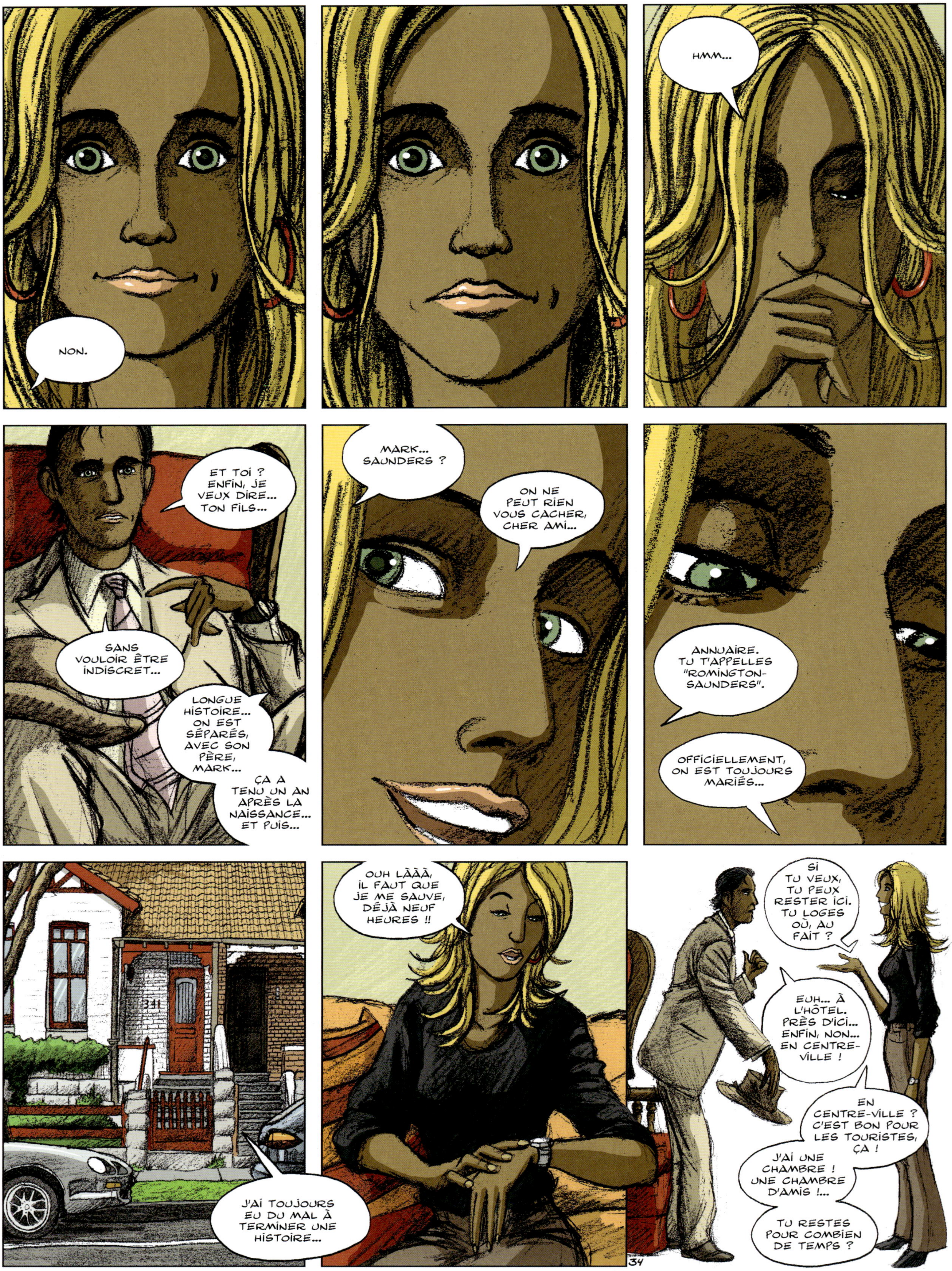
NON.
HMM...
ET TOI ? ENFIN, JE VEUX DIRE... TON FILS...
SANS VOULOIR ÊTRE INDISCRET...
LONGUE HISTOIRE... ON EST SÉPARÉS, AVEC SON PÈRE, MARK...
ÇA A TENU UN AN APRÈS LA NAISSANCE... ET PUIS...
MARK... SAUNDERS ?
ON NE PEUT RIEN VOUS CACHER, CHER AMI...
ANNUAIRE. TU T'APPELLES "ROMINGTON-SAUNDERS".
OFFICIELLEMENT, ON EST TOUJOURS MARIÉS...
J'AI TOUJOURS EU DU MAL À TERMINER UNE HISTOIRE...
OUH LÀÀÀ, IL FAUT QUE JE ME SAUVE, DÉJÀ NEUF HEURES !!
SI TU VEUX, TU PEUX RESTER ICI. TU LOGES OÙ, AU FAIT ?
EUH... À L'HÔTEL. PRÈS D'ICI... ENFIN, NON... EN CENTRE-VILLE !
EN CENTRE-VILLE ? C'EST BON POUR LES TOURISTES, ÇA !
J'AI UNE CHAMBRE ! UNE CHAMBRE D'AMIS !...
TU RESTES POUR COMBIEN DE TEMPS ?

QU... QUELQUES JOURS, TOUT AU PLUS... BON, JE VAIS Y ALLER...
JE NE VEUX PAS TE RETARDER.
MAIS TU NE M'AS PAS RETARDÉE, ACHILLE...
PAS DU TOUT.
JE PEUX TE PRÉPARER LA CHAMBRE, EN VITESSE, ÇA PRENDRA CINQ MINUTES.
NON, VRAIMENT, REBECCA, JE...
JE PRÉFÈRE DORMIR À L'HÔTEL.
BON...
ON PEUT QUAND MÊME SE VOIR UN DE CES SOIRS ?
DEMAIN, PAR EXEMPLE ?
JE FERAI GARDER LE PETIT PAR MADAME VERALICE.
J'AI MA CANTINE, À DEUX RUES D'ICI... C'EST LE RESTAURANT D'UN PETIT HÔTEL... LE "RUSSELL"...
LE RUSS... LE RUSSELL ?
TU CONNAIS ?
EUH... NON... NON, NON.
JE VAIS TE DONNER L'ADRESSE. C'EST À TROIS MINUTES À PIED.
TU... TU ES VRAIMENT SÛRE QUE ÇA NE TE DÉRANGE PAS ?
IL NE FALLAIT PAS SONNER À MA PORTE, SI TU AVAIS SI PEUR DE "DÉRANGER" ...
DEMAIN SOIR, 20 H, SANS FAUTE ?
SANS FAUTE, REBECCA.
JE SUIS CONTENTE QUE TU SOIS LÀ, ACHILLE...
TIENS, AU FAIT, ÇA FAIT LONGTEMPS QUE T'AS RASÉ TA BARBE ?
UNE ÉTERNITÉ !
ÇA TE DONNAIT UN CÔTÉ SAUVAGE. J'AIMAIS BIEN...
BON, IL FAUT VRAIMENT QUE J'Y AILLE. TU VEUX UN LIFT ?
35

NON NON, ÇA IRA, MERCI... J'ADORE MARCHER...
RASTATAZ
RIEN DE TEL POUR DÉCOUVRIR UNE VILLE...
COMME TU VOUDRAS, ACHILLE... À DEMAIN, ALORS...
À DEMAIN, REBECCA !
RUSSELL HOTEL
Lundi
12 octobre
-Saint Wilfrid-
...
Dimanche
11 octobre
-Saint Firmin-
Lundi
-Saint Wilfrid-
REBECCA
?!!

!?!
!!!
Tic tac... Tic tac...
Lundi octobre int Wilfrid-
Tic tac...
Tic tac...
!!!
Tic tac...
Mardi octo
?!!!
VRRRR...
!!!
VRRRR...
Dzzz...
AAH!
Dzzzz...
"DANS CETTE VILLE, IL FAUT SAVOIR SE PROTÉGER...
MÊME LES MOUSTIQUES SONT DANGEREUX, ICI..."
Tic tac... Tic tac...
TOC! TOC! TOC!
!?!
37

TOC! TOC! TOC!
Fschiuuu...
!!!?
Fschiuuu...
!!...
Glou glou glou...
AHH!
OUCH!
BONK!
AAAAHHH...
...
38

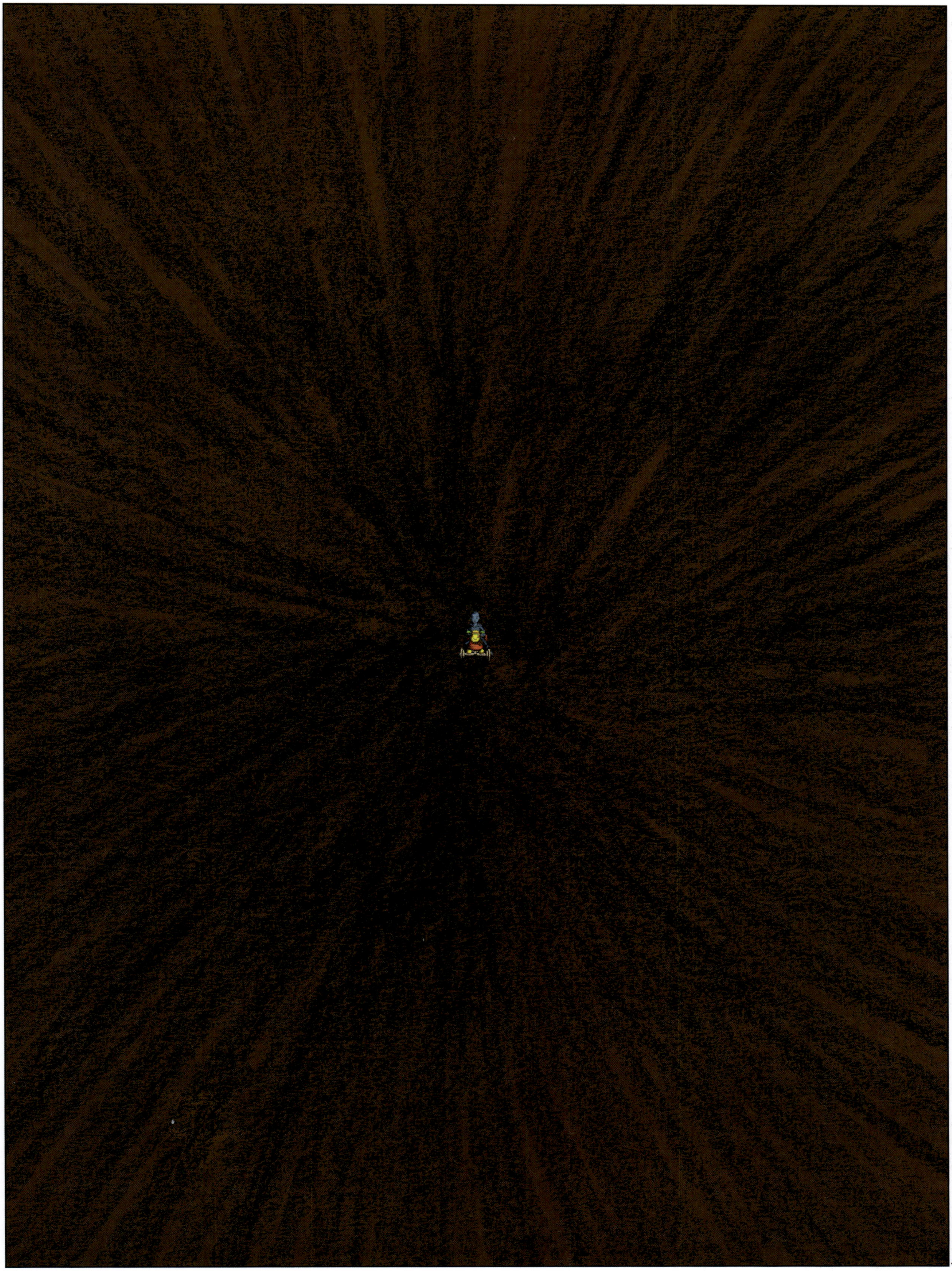

39

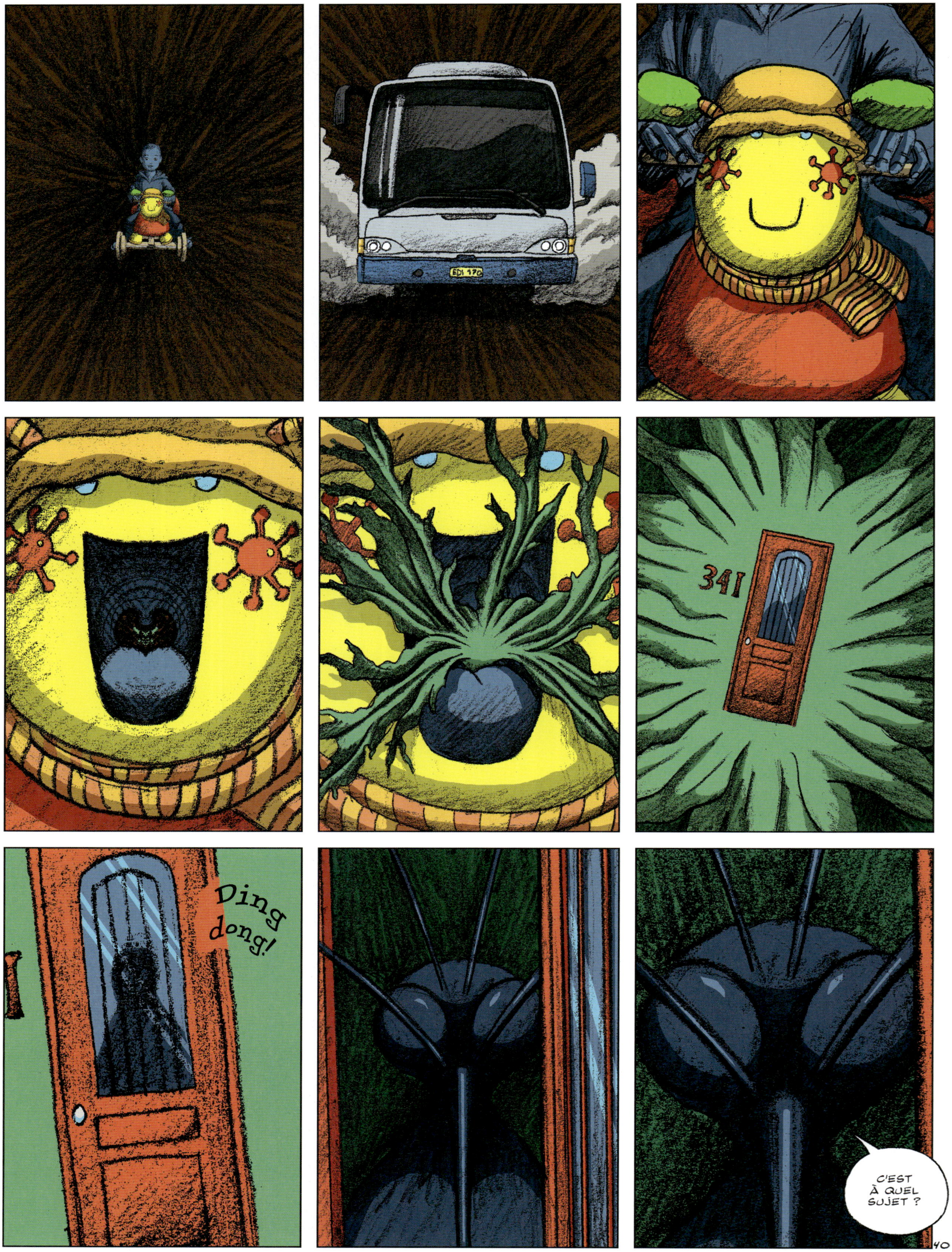
341
Ding dong!
C'EST À QUEL SUJET ?
40

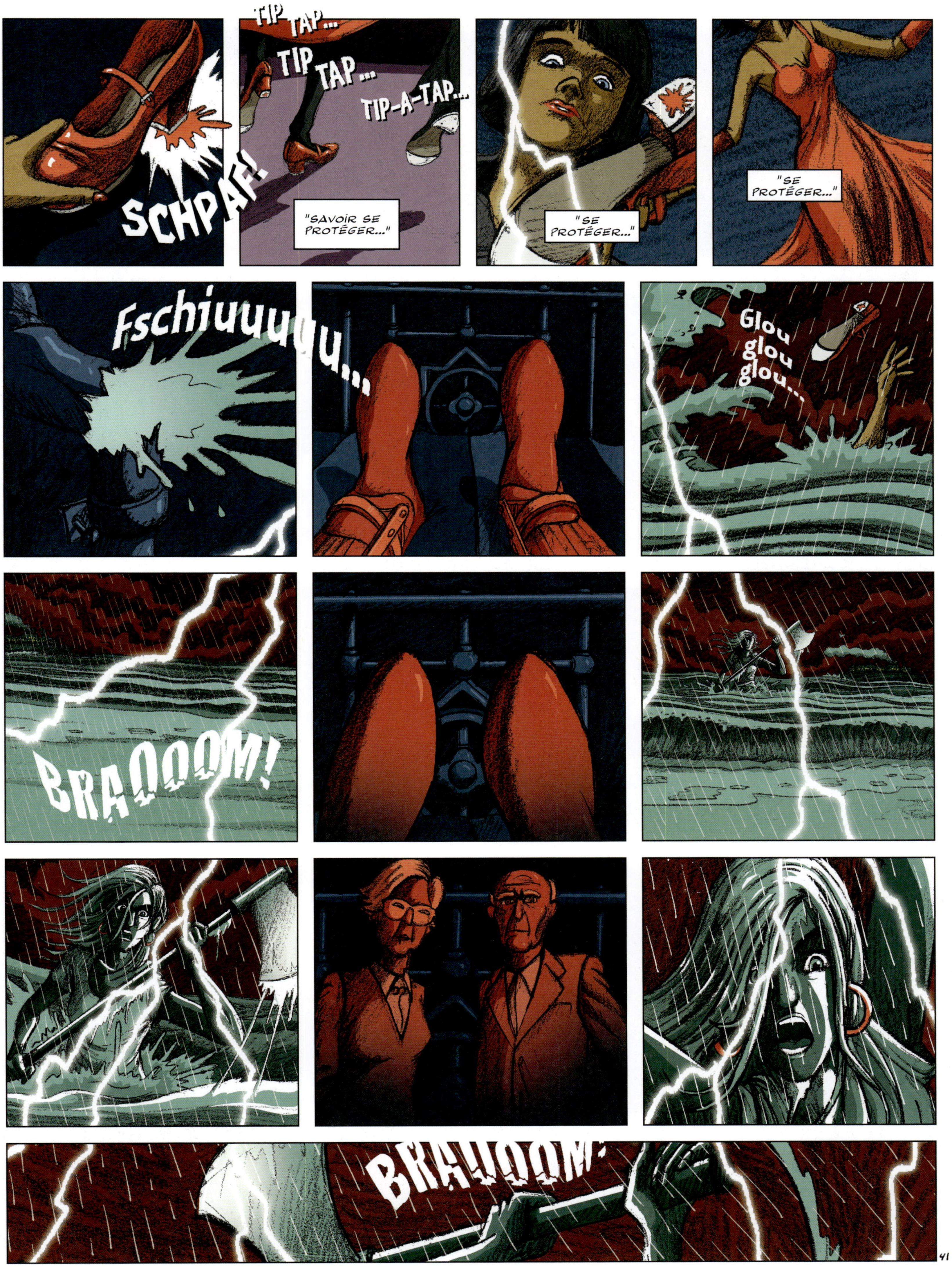
SCHPAF!
TIP TAP...
TIP TAP...
TIP-A-TAP...
"SAVOIR SE PROTÉGER..."
"SE PROTÉGER..."
"SE PROTÉGER..."
Fschiuuuuuu...
Glou glou glou...
BRAOOOM!
BRAOOOM!
41

T'CHAK!
BRAOOOM!
Tic tac... Tic tac...
Tic tac... Tic tac...
Tic tac... Tic tac...
AHHH!
!!!

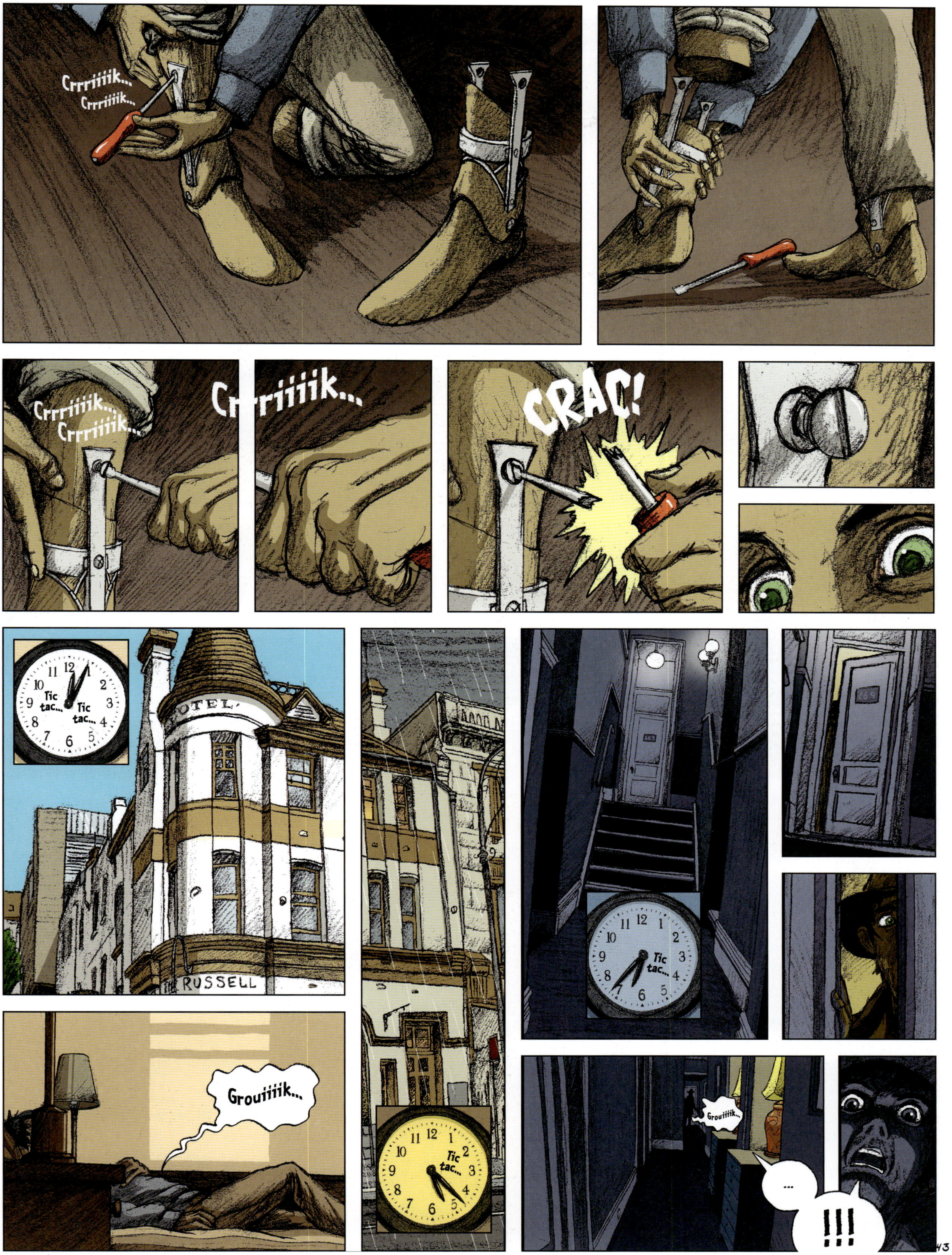
Crrriiiik...
Crrriiiik...
Crrriiiik...
Crrriiiik...
Crrriiiik...
CRAC!
Tic tac...
Tic tac...
Tic tac...
Tic tac...
Grouiiiik...
Grouiiiik...
...
!!!
43

THE RUSSE
HOTE
CERBERIUS
RUSSELL HOTEL, DEMAIN SOIR ?
20 HEURES, SANS FAUTE ?
SANS FAUTE, REBECCA...
"SANS FAUTE, REBECCA", "SANS FAUTE, REBECCA".
MARCHER UNE PETITE HEURE...
ARRIVER UN PEU EN RETARD, POUR FAIRE BONNE MESURE...
L'AIR DE RIEN, COMME QUELQU'UN QUI DÉCOUVRE LES LIEUX...
NE PAS ME PERDRE.
Grouiiiik...
FAIRE ATTENTION...
J'AURAIS DÛ PRENDRE UN PARAPLUIE...
J'AI FAIM...
44

JE NE FAIS PAS CONFIANCE AUX VENDEURS DE HOT-DOGS DU QUARTIER.
QUESTION D'HYGIÈNE: ET SI ON M'EMPOISONNAIT ?
CINQ HEURES À TENIR.
CINQ HEURES.
NE PENSER À RIEN.
SE LAISSER GUIDER.
TOUT SIMPLEM...
Schklank!
Tuuuut!
45

!!!
OUTCH!
SCHTOK!
SCOUIC!
TONK...
TONK...
TONK...
...
...
...
46

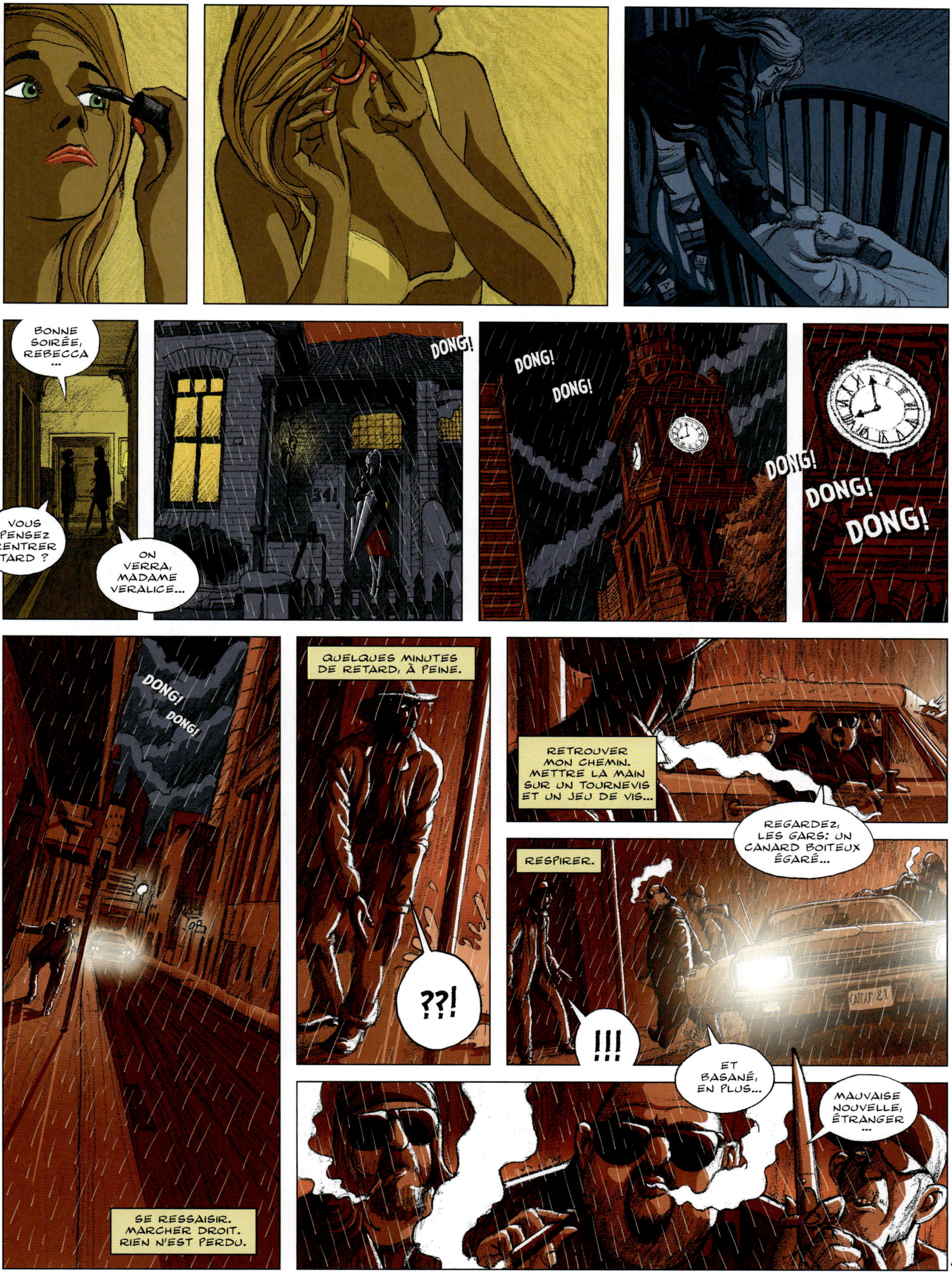
BONNE SOIRÉE, REBECCA ...
VOUS PENSEZ RENTRER TARD ?
ON VERRA, MADAME VERALICE...
341
DONG!
DONG!
DONG!
DONG!
DONG!
DONG!
DONG!
DONG!
QUELQUES MINUTES DE RETARD, À PEINE.
??!
RETROUVER MON CHEMIN. METTRE LA MAIN SUR UN TOURNEVIS ET UN JEU DE VIS...
REGARDEZ, LES GARS: UN CANARD BOITEUX ÉGARÉ...
RESPIRER.
!!!
SE RESSAISIR. MARCHER DROIT. RIEN N'EST PERDU.
ET BASANÉ, EN PLUS...
MAUVAISE NOUVELLE, ÉTRANGER ...

47

NE PAS PANIQUER.
C'EST PAS TON JOUR DE CHANCE !
ÉTABLIR DES PRIORITÉS.
TES POMPES, TA VESTE, TON FRIC !
NE PAS RÉFLÉCHIR.
AGIR.
Schtonk!
AAah!
!!!
...
SCHTONK!
??!
48

THE RUSSELL
HOTEL
UN AUTRE GIN TONIC, S'IL VOUS PLAÎT !
49

VOICI, MADAME.
MERCI.
NE PAS TREMBLER.
M'EXCUSER. LUI EXPLIQUER.
LUI EXPLIQUER QUOI ?
QUE JE TIENS À PEINE DEBOUT ?
LUI MONTRER L'IMMONTRABLE, TOUT SIMPLEMENT ?
IMPOSSIBLE.
ELLE SERAIT TERRORISÉE.
...
THE RUSS
HOTE
AU MOINS AUTANT QUE MOI.

!!!
ALLÔ, MADAME VERALICE ? C'EST MOI. JE RENTRE.
!!!
OH, PAS GRAND-CHOSE À RACONTER, IL M'A POSÉ UN LAPIN...
DIRE QUELQUE CHOSE. N'IMPORTE QUOI, JUSTE POUR QU'ELLE SE RETOURNE.
...
OUI, JE SAIS, J'AURAIS DÛ VOUS ÉCOUTER. VOUS CERNEZ TOUJOURS MIEUX LES GENS QUE MOI... MÊME MES AMIS D'ENFANCE...
ENFIN BREF, PASSONS, UNE FOIS DE PLUS...
SINON, LOUIS NE S'EST PAS RÉVEILLÉ ?
TRÈS BIEN ! À TOUT DE SUITE...
OUI OUI, JE SERAI PRUDENTE...
TROP TARD.
51

ACHILLE ?
!!!
ACHILLE ?
ACHILLE !
...
EXCUSEZ-MOI... JE CHERCHE QUELQU'UN... MONSIEUR ACHILLE FRANKLIN.
IL A RÉSERVÉ UNE CHAMBRE CHEZ VOUS CE SOIR ?
MONSIEUR FRANKLIN ?
RÉCEPTION
OUI, TOUT À FAIT, DEPUIS DIMANCHE, D'AILLEURS.
IL VIENT À L'INSTANT DE REPRENDRE SA CLÉ.
IL AVAIT L'AIR BIZARRE, TRÈS PRESSÉ... IL M'A DEMANDÉ UN TOURNEVIS ET UN JEU DE VIS...
VOULEZ-VOUS QUE JE LUI LAISSE UN MESSAGE, MADAME ?
52

53

Tic
tac...
Tic
tac...
Tic...
Tac...
RASTATAZ
FENICE
Mercredi
341

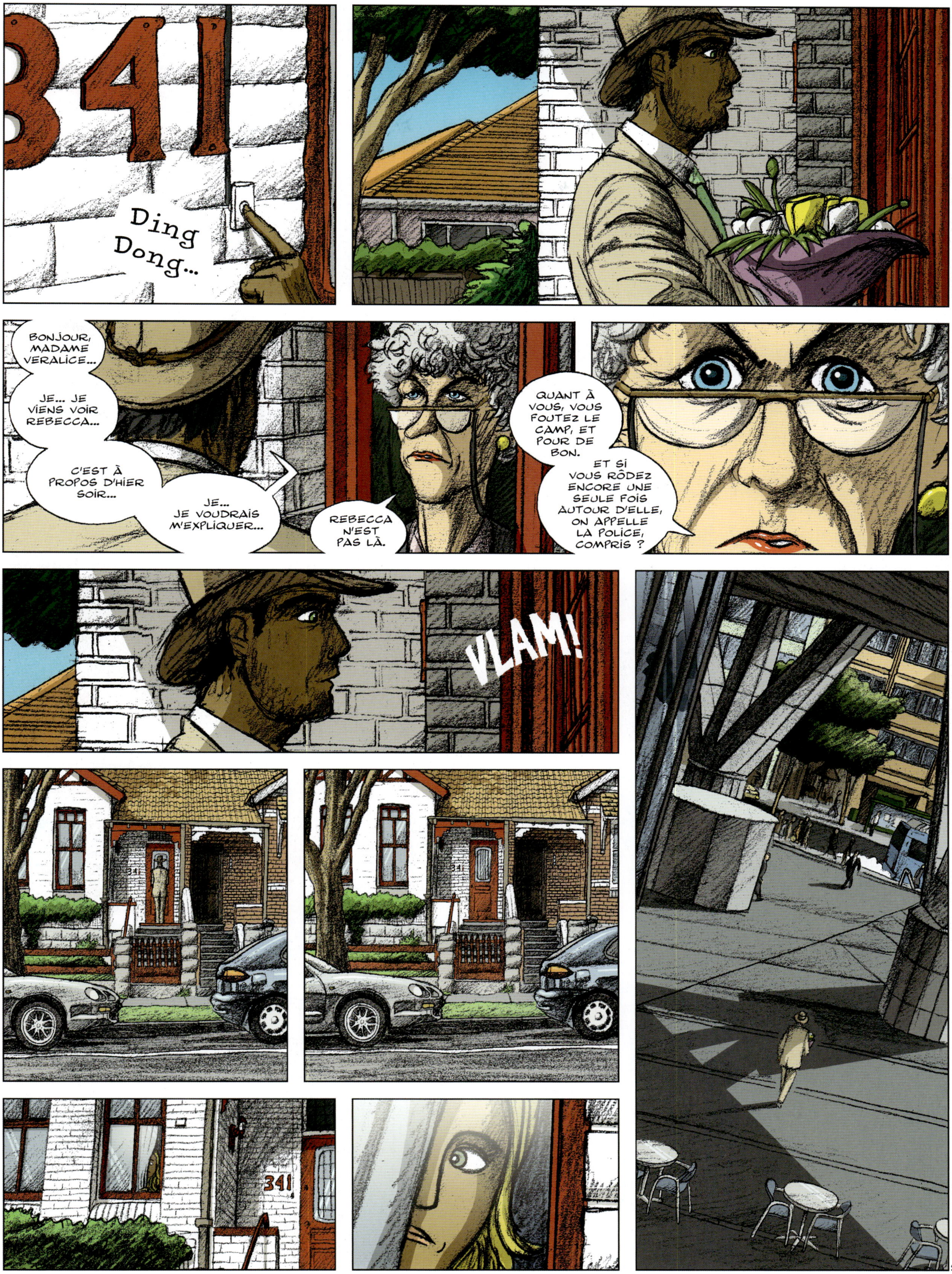

Ding Dong...
BONJOUR, MADAME VERALICE...
JE... JE VIENS VOIR REBECCA...
C'EST À PROPOS D'HIER SOIR...
JE... JE VOUDRAIS M'EXPLIQUER...
REBECCA N'EST PAS LÀ.
QUANT À VOUS, VOUS FOUTEZ LE CAMP, ET POUR DE BON.
ET SI VOUS RÔDEZ ENCORE UNE SEULE FOIS AUTOUR D'ELLE, ON APPELLE LA POLICE, COMPRIS ?
VLAM!
341

KAMISHAMO
30
THE ANSPACH · BD · BAR
MIKAVULIN HOTEL
NO ENTRY
???!

!!!!!
EDI·170
IIIIIIII...
57

MERCREDI...
STEPHPOLLIE BANK
À SUIVRE...

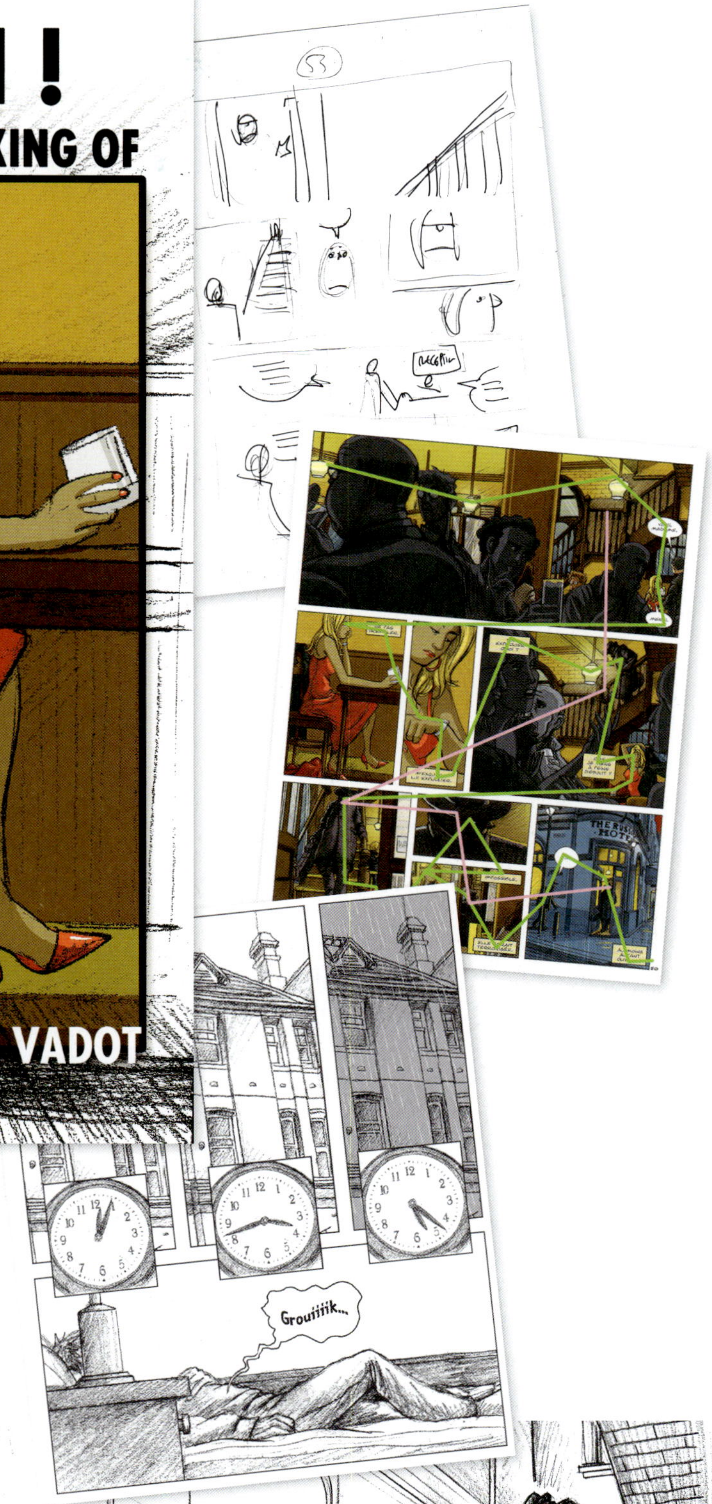

TÉLÉCHARGEZ GRATUITEMENT LE « MAKING OF » DE MAUDIT MARDI !

Tous les secrets de création
de l'album révélés par Nicolas Vadot.

Le livre est disponible sur
www.sandawe.com/bonus
Code : Rebecca

1
DÉCOUVREZ
DE SUPER
PROJETS BD SUR
WWW-SANDAWE-COM
2
INVESTISSEZ
DANS LES PROJETS
QUI VOUS
PASSIONNENT
3
VIVEZ
AU PLUS PRÈS
L'EXPÉRIENCE
D'ÉDITEUR
4
GAGNEZ
LES BÉNÉFICES
DES VENTES
ET RECEVEZ L'ALBUM
MAUDIT MARDI!

COMMENT ÇA MARCHE ?

LES AUTEURS DE BANDE DESSINÉE ENVOIENT LEUR PROJET À SANDAWE QUI PRÉ-SÉLECTIONNE LES *PROJETS DE QUALITÉ PROFESSIONNELLE*.

LES INTERNAUTES *DÉCOUVRENT* CES PROJETS EN DÉTAIL SUR *WWW.SANDAWE.COM* : BANDE-ANNONCE, PITCH, PLANCHES, ETC.

LES INTERNAUTES *INVESTISSENT DÈS 10 €* DANS LES PROJETS QUI LES INTÉRESSENT. ILS DEVIENNENT "ÉDINAUTES" : ÉDITEURS-INTERNAUTES.

LES ÉDINAUTES SONT *LIBRES DE RÉCUPÉRER LEUR ARGENT* JUSQU'À CE QUE L'ALBUM ATTEIGNE LES 100 % DE FINANCEMENT.

UNE FOIS LE FINANCEMENT ATTEINT, LES AUTEURS TERMINENT LA *CRÉATION* DE L'ALBUM QUE LES ÉDINAUTES PEUVENT ALORS SUIVRE EN *ÉCHANGEANT AVEC LES AUTEURS*.

LES ÉDINAUTES REÇOIVENT L'ALBUM, OÙ EST IMPRIMÉ LEUR *NOM*.
ILS REÇOIVENT AUSSI DES *BONUS BD* SELON LEUR NIVEAU D'INVESTISSEMENT : ALBUM DÉDICACÉ, DESSIN INÉDIT, IMPRESSION SUR TOILE, T-SHIRT, ETC.

L'ALBUM EST VENDU EN VERSION *PAPIER ET NUMÉRIQUE* DANS TOUTES LES LIBRAIRIES BELGES, FRANÇAISES, SUISSES...

LES ÉDINAUTES *GAGNENT 60% DES BÉNÉFICES* ISSUS DES VENTES (PAPIER, NUMÉRIQUES, PRODUITS DÉRIVÉS, ETC).

LES ÉDINAUTES REÇOIVENT UN *KIT "BUZZ" POUR FAIRE LA PROMO* DE LEUR ALBUM AUTOUR D'EUX.

GRÂCE À LA *MOBILISATION DE LA COMMUNAUTÉ*, LES ALBUMS SANDAWE BÉNÉFICIENT D'UNE CAMPAGNE DE PUB VIA LE PLUS PUISSANT DES MEDIAS : INTERNET ET SON BOUCHE-À-OREILLE.

DU MÊME AUTEUR

Bandes dessinées:

Norbert l'Imaginaire
(en collaboration avec Olivier Guéret), trois tomes parus, éditions du Lombard, 2001, 2002 et 2004

80 Jours
(en collaboration avec Olivier Guéret), éditions Casterman, 2006

Neuf Mois,
éditions Casterman, 2009

Maudit Mardi !,
tome 1, éditions Sandawe, 2011

Maudit Mardi !,
tome 2, éditions Sandawe, à paraître, septembre 2012

Intégrale Norbert L'Imaginaire
(en collaboration avec Olivier Guéret), éditions du Lombard, à paraître, mars 2012

Dessins de presse:

Dans Le Vif du sujet,
éditions Luc Pire, 1998

The George W. Bush Years,
éditions New Holland Australia, 2007

200 dessins qui fâchent,
éditions Renaissance du livre, 2010

Onde de Choc,
éditions Renaissance du livre, 2011

Les dessins sans frontières de Nicolas Vadot,
par Luc Hermann, éditions La Muette, 2011 (livre d'analyses et d'entretiens)

VIENT DE PARAÎTRE

11 septembre 2001, 8h46, New York, les tours jumelles du World Trade Center s'écroulent en direct à la télévision, percutées par deux avions de ligne détournés par des kamikazes sympathisants d'Al-Qaida. Onde de choc.

Il y eut dans ce sillage (en vrac): Bush en Afghanistan, l'invasion de l'Irak, Le Pen au second tour des élections en France, la capture de Saddam Hussein, les attentats de Madrid et de Londres, la réélection de Bush, le plus important tsunami de l'Histoire en Asie, l'arrivée de Sarkozy et d'Obama, la crise financière, les frasques sexuelles de Berlusconi, Fukushima, les révolutions arabes, la mort de Ben Laden...

Face à tout cela, rien de tel que les caricatures mordantes de Nicolas Vadot et sa vision décalée de cette décennie chaotique et incertaine, qui a vu le monde passer du 20e au 21e siècle.

Un recueil de dessins de presse aux Editions « Renaissance du Livre ».

Catalogue sandawe.com

L'éditeur, c'est vous !

Déjà parus

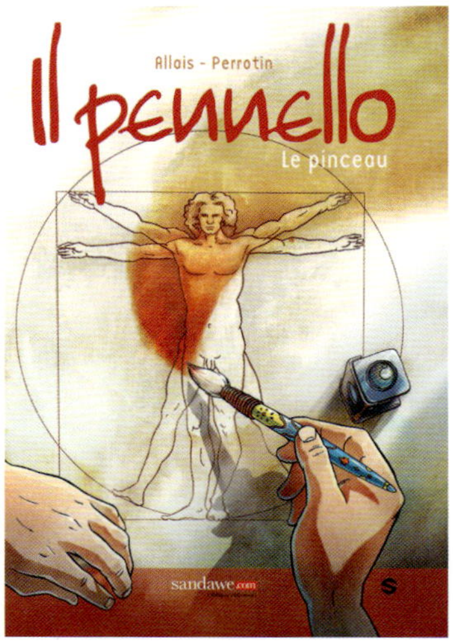

À paraître en 2012

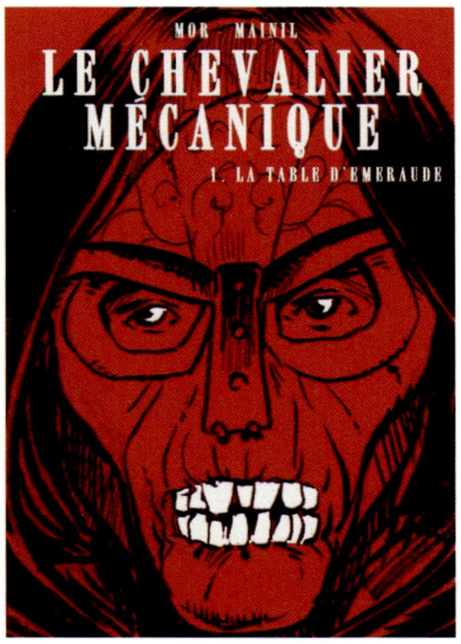

Couvertures provisoires

Vous pouvez également participer au financement de nombreux autres albums sur le site sandawe.com, dont par exemple :

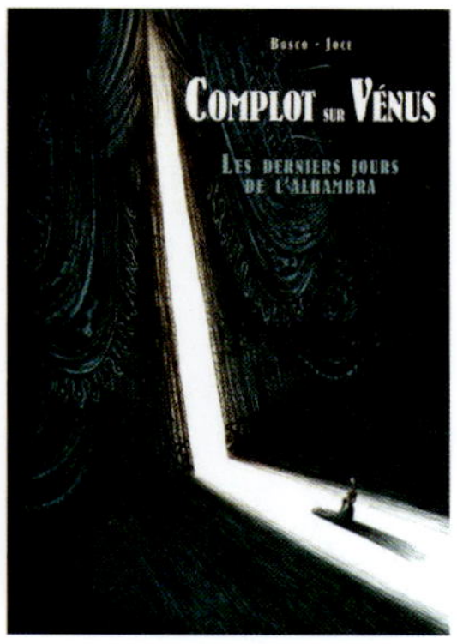

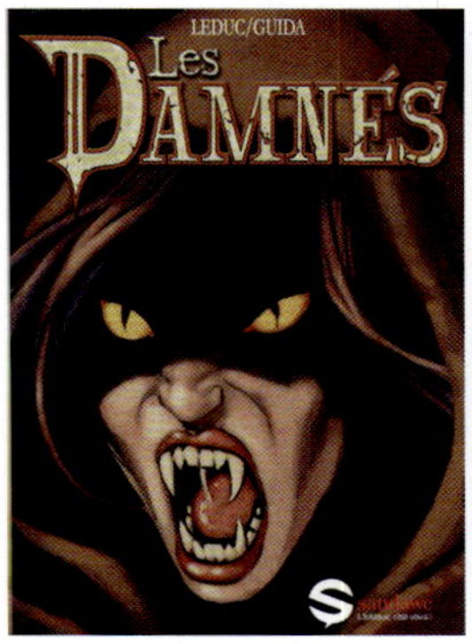

Couvertures provisoires